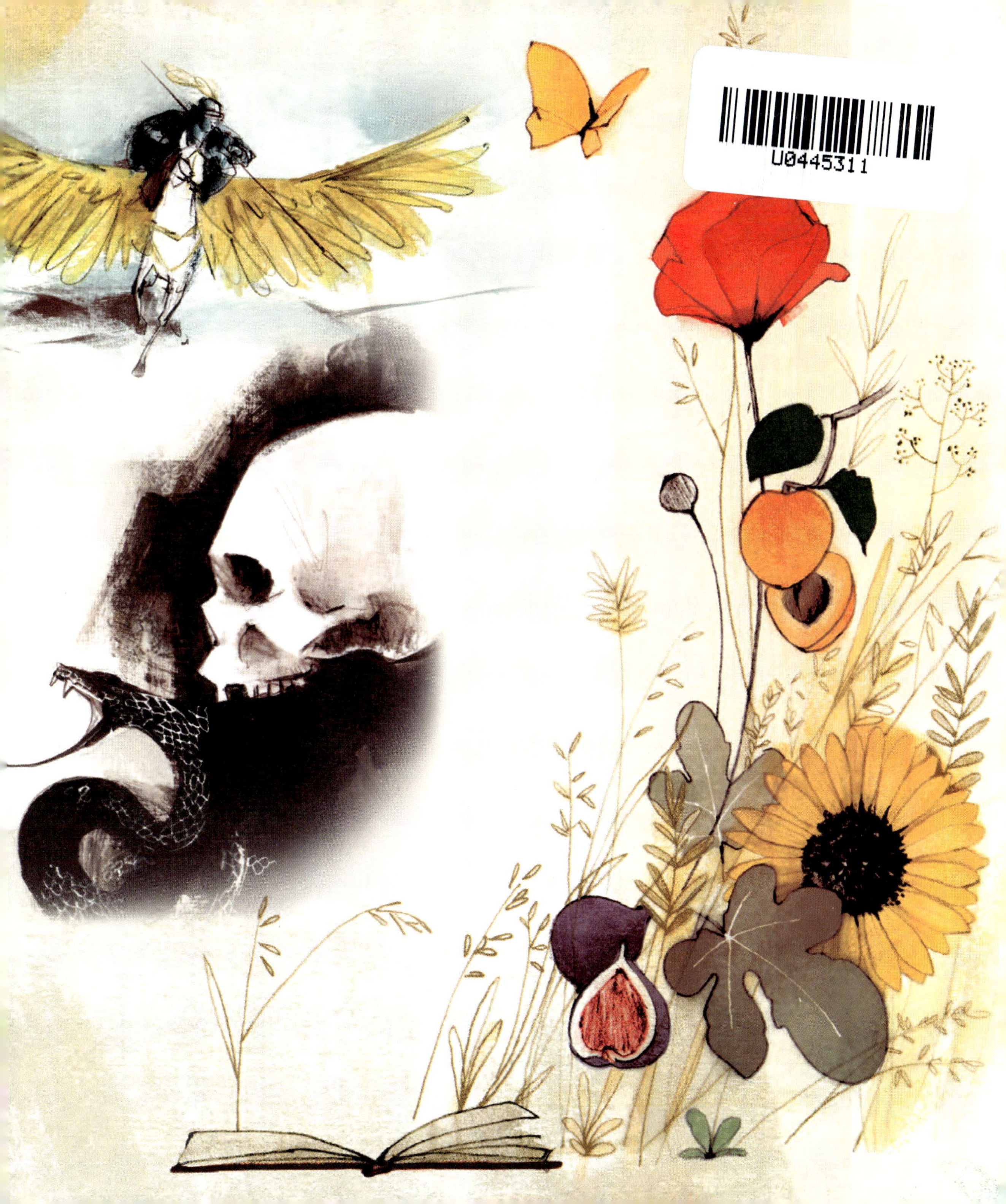

~ Poetry for Kids ~

Shakespeare

莎士比亚给孩子的诗

全世界
是一个舞台

〔英〕威廉·莎士比亚 著
〔西班牙〕梅希·洛佩兹 绘
木也 阿菠萝 译

出版者的话

　　许多年前,我的祖母为儿时的我读诗,其中甚至包括莎士比亚的作品。她认为有些诗歌虽一时难以读懂,然而诗中所蕴含的情感与意境,对于理解我们身处的这个世界至关重要,我现在完全体会到如她一样的感受。我希望这套风格多样、配有世界上最优秀插画家插图的精品诗作能走进新一代读者的生命中。

——查尔斯·努伯格

全世界是一个舞台

准备好了吗?

一个最为恢弘的舞台将在你的面前展开。

让我们倾听这位被公认为是最伟大的英语作家和最具影响力的剧作家的声音吧。

这本精美的诗歌绘本精选了威廉·莎士比亚最负盛名的三十一首诗歌和戏剧选段,他笔下的人物向我们讲述的声音,正如它们在伊丽莎白一世和詹姆斯一世时代第一次被说出来时一样充满光彩,意义深远。

"即使被关在果壳之中,我仍是无限宇宙之王。"那么请打开这些果壳,走进这位伟大诗人与剧作家的世界,去感受从语言到灵魂的唤醒吧。

这是通向辉煌的莎士比亚诗歌王国的一个极有吸引力的入口。

—— 《科克斯书评》

本书精选了莎士比亚最受欢迎的三十一首诗歌和戏剧选段,并配有精美的插图。这些作品让读者得以一窥莎士比亚毕生之作的精彩。洛佩兹的插图非常繁复,富有戏剧感,充满情感。这些插画赋予文字更多生命与意义。

—— 《学校图书馆杂志》

全世界是一个舞台，
所有的男人和女人都是演员：
每个人有上场，也有退场之时，
一个人一生要演很多角色。

  这本诗集《莎士比亚给孩子的诗：全世界是一个舞台》精选了三十一首诗作，包括《罗密欧啊，罗密欧，为什么你是罗密欧？》《生存还是毁灭，这是个难题》《我可否将你比作夏日？》等传世名篇，是了解这位英语世界里最负盛名的诗人与剧作家不可或缺的佳作，最伟大的剧作家与诗人的文字跃然纸上。

  编选者玛格丽特·塔西根据莎士比亚对人类的七个时期的定义，仔细挑选并整理了这本诗集（从婴儿期到成年期再到老年期）。此外，她还为每首诗提供了专业的评注。

  这本诗集是独一无二的，它召唤读者深入戏剧的文本当中，开启对这位游吟诗人及其作品的一世情缘。从这里开始，你会对威廉·莎士比亚的语言和作品钟爱一生，让我们通过这精美的插图和通俗易懂的介绍，进入这位游吟诗人独白、歌咏和十四行诗的世界。

  在威廉·莎士比亚逝世400多年后，他作品中所体现的普世主题仍能与各个年龄段的读者产生共鸣。无论是在舞台上还是书页间，莎士比亚的作品影响了文学、电影、戏剧、视觉艺术和生活本身。

前 言

威廉·莎士比亚是英国剧作家、演员和诗人，他生活在女王伊丽莎白一世和国王詹姆斯一世统治时期。他被公认为是最伟大的英语作家，并因其杰出的戏剧才华而享誉全球。

尽管莎士比亚名利双收，但是他的出身却很卑微。1564年4月，他出生在离伦敦100英里的埃文河畔小镇斯特拉特福德。他是手套制造商约翰·莎士比亚和玛丽·阿登的长子。

莎士比亚在斯特拉特福德的国王新学校上学，每周上六天课程，主要学习拉丁语和文学，就这样一直到15岁左右。18岁时，莎士比亚娶了一个当地女孩安妮·海瑟薇。

他们生下了三个孩子，苏珊娜和一对双胞胎：朱迪斯和哈姆内特。不幸的是，哈姆内特只活到11岁。莎士比亚的生活相对平静，直到25岁左右，他离开斯特拉特福德去伦敦这个大城市碰碰运气。

在16世纪80年代后期，伦敦的剧场蒸蒸日上，充满了活力与生机。莎士比亚到了伦敦，开始在这个充满活力的艺术世界工作。在这里，几乎每天下午都有一部新剧在华丽的环球剧场演出。

最初，莎士比亚当了一名演员，可是很快他就意识到自己最大的天赋在于剧本创作。他加入了宫内大臣剧团，也就是后来的国王剧团（詹姆斯一世成为剧团的赞助人）。

这是伦敦第一家专业剧团，莎士比亚成为该剧团的常驻剧作家。因其是一个巡回剧团，所以莎士比亚的戏剧时常会在旅店、皇家宫廷、大学和其他英国城镇上演。

16世纪90年代初，莎士比亚凭借一系列以英国王室惊心动魄的故事写成的历史剧而开始成名。随后，他因喜剧《仲夏夜之梦》和悲剧《罗密欧与朱丽叶》《哈姆雷特》获得了更大的声望。他那激昂的诗句、栩栩如生的人物形象和对戏剧的革新，使他成为了那个时代最受欢迎的剧作家。此外，大量长诗以及154首十四行诗，也让莎士比亚赢得了诗人的声誉。

与环球剧场的合作更是让莎士比亚闻名遐迩。当宫内大臣剧团失去剧场的土地租赁权时，他们冒险做了一个改变历史进程的决定。

当夜深人静之时，尽管天气寒冷，但人们聚集在剧场，把整座建筑拆除了。然后，他们把木材运过冰冻的泰晤士河，来到另一个地方重建一座环形的剧场，并命名为环球剧场。不过，它最终在1644年被拆毁了。许多年后，一座新的环球剧场重新建成，并于1997年开放。

1616年4月，52岁的莎士比亚在斯特拉特福德逝世。七年后，他在国王剧团的朋友约翰·赫明奇和亨利·康德尔做了一件深刻改变文学史和戏剧史的事情。他们收集了莎士比亚所有的手稿并付梓印刷。

1623年，莎士比亚的全集《第一对开本》出版。在这36部戏剧中，有18部若不是留存在对开本上将会无处寻觅，其中包括莎士比亚最心爱的作品：《麦克白》《尤利乌斯·恺撒》《皆大欢喜》以及《暴风雨》。正如他的朋友、剧作家同行本·琼森所写的："他不仅仅属于那个时代，更属于所有世纪。"

编者：玛格丽特·塔西

莎士比亚和他的果壳（译者序）

  翻开任意一本莎士比亚的传记，你很快就会感到失望。没有人知道他经历了怎样的童年，玩过什么样的游戏，为什么销声匿迹[①]，即使环球剧场建成后，大家对他的情况也知之甚少。

  他创造了文学史上最重要的作品，被认为是"俗世的圣经"，然而我们对他的生平几乎一无所知。

  可以这么说，莎士比亚的形象是模糊的，唯有他的作品是清晰的。也许他认为，作品就是一切，作品完成后，作者必须隐在作品之后，要么隐身，要么消失。

  谈论莎士比亚应该从他的时代说起。

  伟大的诗人往往生活在伟大的时代。作为一个时代的缔造者，伊丽莎白一世把自己的心整个儿交给了英格兰。在她的手里，英国从世界的边缘成为世界的中心。站在这个舞台上的，除了伊丽莎白一世，还有威廉·莎士比亚，这位一度消失数年的游吟诗人穿过万神殿，径直来到舞台中央，全世界的目光立即投注到他的身上。

  即使在众目睽睽之下，他的形象也始终是模糊的，因为他展现给人们的是他的灵魂、诗情和意志。莎士比亚37岁那年，过度的燃烧让他头发灰白，秃顶秃得厉害。那年秋天他写完剧本后，打算亲自扮演哈姆雷特父王的鬼魂这一角色。这样一来，人们再次看到一个形象模糊的莎士比亚。

  和圆形的环球剧场一起作为新事物出现在伦敦的，还有一样东西：马铃薯。人们对这种新奇的食物充满好奇，可是它卖得很贵，一般市民根本买不起。这差不多就是当时的情形，一边是哈姆雷特，一边是土豆，有钱人吃着土豆看《哈姆雷特》，而那些奇奇怪怪的台词让他们如鲠在喉。

[①]此处的"销声匿迹"，意指莎士比亚刚过二十岁之后，在离开家乡前往伦敦之间的这几年，史料上皆是空白。

事实上，在莎士比亚的《哈姆雷特》之前，当时已经有一部同名悲剧在上演，讲的正是丹麦王子哈姆雷特装疯卖傻为父复仇的故事。因为这一类复仇故事挺受欢迎，在友人的劝说下，莎士比亚打算重写一部《哈姆雷特》。他注意到了另一部颇有人气的复仇悲剧《西班牙悲剧》：鬼魂出没，戏中戏，装疯卖傻，流血杀戮，等等，他觉得这些都是吸引观众的因素。于是，他在这两部戏的基础上重写了这出戏。

因为似曾相识，人们第一眼看见它时反应平平。至于里面的诗意成分，对于普通观众来说一时半会儿还来不及反应。一切诗性强的作品都需要时间这条河水的冲刷，方能显出真理的鹅卵石。渐渐地，时间淹没了一切，淹没了基德的《哈姆雷特》，唯独把莎士比亚的《哈姆雷特》托举出来，超越其他戏剧，成为一切悲剧之首。

是什么让莎士比亚超越了其他的一切？

是莎士比亚的诗情，诗心，他是从万神殿走出来的诗人，有时他代神明说话，有时他径入自然，代万物说话，他是一个自然诗人，最高的诗人。

他是第一个给女人命名的人。软弱，你的名字叫女人。这是他说话的方式。他给爱情命名：那是指环上的诗铭，它很短，就像女人的爱情。他给简洁和冗长命名：简洁是智慧的灵魂，冗长是肤浅的藻饰。他给真实命名：对自己要真实，然后正好比黑夜跟着白昼来，你就不可能对任何旁人不真实。如果失去了真实，那就等于上帝给了你一张脸，你又把它变成另一张。如此等等。他给万物命名，仿佛世界刚被创造出来。至于哈姆雷特的那段经典独白：生存，还是毁灭，这是个难题……它就像古希腊德尔菲神殿上的铭刻"认识你自己"一样，把最重要的哲学问题第一次抛给世人，直指人心。

莎士比亚的诗心是一颗通天之心，就像英国古典主义者德莱登所说的："他有一颗通天之心，能够知晓一切人物和激情。"起初，神以诗的形式为万物命名，后来神隐退了，于是来了神使，也就是神的使者，由他来给万物命名。由于他是从神明那里来的，拥有一颗通天之心，预先洞察了一切事物的秘密和奥妙，所以他只需稍稍注意一下说话的音节，说出来便是诗，当然是最好的诗：最好的诗是揭示事物奥秘的诗，它就像种子一样，将会衍生出无穷的诗句。

歌德对莎士比亚评价极高，他说，"我读到他的第一页，就使我一生都属于他了"。

莎士比亚的作品中诗意盎然，很多旁白、对白都是诗的语言，除此以外，他让万物说话，让风、让草、让墙头说话，这些深深影响着歌德的创作，在《浮士德》中不难看到莎士比亚对他的影响。

雨果对莎士比亚更是不吝赞美之辞，他说："他这种天才的降临，使得艺术、科学、哲学或者整个社会焕然一新。他的光辉照耀着全人类，从时代的这一个尽头到那一个尽头。"莎士比亚很善于在创造一个真实的人物同时，让这个人物具有某种理念上的高度，就像雨果所说的，"哈姆雷特像我们每一个人一样真实，但又要比我们伟大。他是一个巨人，却是一个真实的人"。这种创作手法显然影响到了雨果的创作，无论是《悲惨世界》还是《巴黎圣母院》，其中的主要人物都遵循着"既真实又伟大"的原则。

莎士比亚对后世的影响当然不止于这两位大师。可以说，很少有哪位西方诗人、作家不从莎士比亚那里汲取营养，绕开莎士比亚是不可能的。

这位诗人、剧作家一生著作无数，流传下来的作品有37[①]部戏剧、154首十四行诗、2首长叙事诗，他创造了800多个各不相同的人物，演绎了种种言谈与悲欢生死。莎士比亚拥有最为宽容的灵魂，他给了所有无名的一个名字，一个声音，即使是一个小精灵，一个小丑，任何小人物都能在三言两语中变得活灵活现，就像《亨利四世》里的大胖子无赖福斯塔夫，他的光芒甚至盖过无数帝王将相。

前面说过，关于莎士比亚的生平我们所知甚少，他的许多经历也早已湮没在历史的尘土中，无从追寻。谁是莎士比亚？他身上笼罩有无数的神秘光环。数不尽的星辰曾闪现空中又归于沉寂，唯有莎士比亚如同金黄的满月，比之朱丽叶的双眸更有光辉，足以照彻黑夜。

也许探究他的生平并不重要，斯人已逝，作品得到了永生，最好的艺术得以永恒，这才是最重要的。

---

① 莎士比亚一生创作了大量戏剧，然而他并没有用心保存这些剧本。直至1623年，他的好友收集了他的36部作品，出版了第一本莎士比亚戏剧集《第一对开本》。后来，学者发现莎翁还参与了另一部剧《泰尔亲王佩利克尔斯》(Pericles, Prince of Tyre)的写作，自此之后，莎士比亚所写的留存下来的戏剧经典增加为37部。

他的灵魂已附身在哈姆雷特，在李尔王，在罗密欧与朱丽叶……只要舞台上一次次上演这些作品，只要人们一次次翻开这些书，一次次被他们的悲欢所感动，那么诗人就得以一次次地复活。

    在这本诗歌绘本里，编者玛格丽特·塔西博士研究莎士比亚已有二十多年，她根据莎士比亚对人类的七个时期的定义仔细挑选并整理了这本诗歌选集，按照人的七个阶段悉数上场，从孩童的天真雀跃，到对爱情的向往与憧憬，最终领悟到一切如梦，终将归于沉寂，人生种种滋味都被包含在这三十一颗小小的果壳里。

    "即使被关在果壳之中,我仍是无限宇宙之王。"这是莎士比亚在悲剧《哈姆雷特》中所发的感慨。

    是的，一个小小的果壳可以装下一个宇宙，在这三十一首诗中，也容下了人类的精神世界与灵魂深处的生与死、喜与悲。

    莎士比亚的世界是一个庞大的王国，如今我们只是站在入口，他将带领我们走向世界的深处，走进纷繁复杂的人心深处，这里面有一个万花筒般的世界，世界万象被串联起来，在我们面前依次掠过。

    那么就请打开这些果壳，走进这位伟大诗人与剧作家的世界，去感受从语言到灵魂的唤醒吧。

目　录

前　言 / 1
莎士比亚和他的果壳（译者序） / 1

全世界是一个舞台 / 2
光焰万丈的缪斯啊 / 4
美丽的王后，那时我们是 / 6
翻过山丘，越过溪谷 / 7
围着大锅转 / 8
绿荫下 / 9
我可否把你比作夏日？ / 10
罗密欧啊，罗密欧，为什么你是罗密欧？ / 11
现在我们愁容不解的冬天 / 12
假如音乐是爱情的食粮 / 14
月光多么恬静地睡在堤岸上！ / 15
啊，火炬从她那儿借来了光彩！ / 16
哦，我的好姑娘，你要到哪里去？ / 18
假如看不见西尔维娅，还有什么是光明？ / 19
等等，那透过窗户的是什么光？ / 20
我的情人的眼睛一点也不像太阳 / 22
疯子，情人和诗人 / 23

我决不允许阻碍两颗真心…… / 24
懦夫在死前已经死过很多次 / 25
再次向缺口发起冲锋 / 27
一个个整装待命，一个个全副武装 / 28
仁慈的品德并非出于强迫 / 29
朋友们，罗马人，同胞们，请听我说 / 30
闪光的不一定都是金子 / 32
在我身上你可看到这样的时节 / 33
生存，还是毁灭，这是个难题 / 34
吹吧，风，吹破你的脸颊！ / 36
明天，明天，明天 / 37
嘿，老兄，他横跨这狭小的世界 / 38
要是我们影子冒犯了各位 / 39
我们的狂欢现在结束了 / 40

莎士比亚的所思所想 / 41

全世界是一个舞台

　　选自《皆大欢喜》第二幕，第七场

全世界是一个舞台，
所有的男人和女人都是演员：
每个人有上场，也有退场之时，
一个人一生要演很多角色，
演出分七个阶段。首先是婴儿，
在奶妈的怀里又哭又吐。
然后是爱发牢骚的学童，背着书包
满面晨光，像蜗牛一样慢慢爬，
不情愿地去上学。然后是恋人，
火炉似的叹息，为心上人的蛾眉
写下悲伤的歌。然后是士兵，
满口奇怪的誓言，像豹子一样长出胡须，
妒忌荣誉，喜欢争斗，

甚至在炮口上
追求泡沫般的名声。然后是法官，
滚圆的肚子被上好的阉鸡填满，
目光犀利，胡须整齐，
满嘴都是些格言和老生常谈；
他就这样扮演他的角色。
第六个阶段变成了
弓着背趿拉着拖鞋的老头儿，
鼻梁上架着眼镜，腰间挂着钱袋，
年轻时保存得很好的紧身裤，套在
皱缩的小腿上显得松松垮垮；男子气概的嗓音
又变成了孩童的高音，听起来
像哨声或是风笛。全剧的最后一个场景，
终结了这段怪诞多变的历史，
他返老还童，脑子一片混沌，
没有牙齿，没有眼睛，没有味觉，没有了一切。

光焰万丈的缪斯啊

选自《亨利五世》第一幕,开场白

光焰万丈的缪斯女神①啊,你升上了
无比辉煌的幻想天国,
在舞台上搭起王国,让王公们来演戏,
君王们观赏这盛大的演出!
那善战的亨利,将更像他本人,
展现出战神的风采;接踵而至的,
是饥荒、利剑和烈火,就像套着皮带的猎犬,
蹲伏着,随时待命。

但是诸位,请原谅这些卑微之辈
竟敢在这草草搭起的舞台上,扮演
如此伟大的人物:难道,这块斗鸡场能容得下
法兰西的广袤疆域?难道
这个木制的圆圈能容得下千军万马?
曾让阿金库尔为之惊恐的万千铁甲?
请原谅吧!一个小小的数字圆圈儿

①这一首莎士比亚仿照古希腊史诗,在开篇请出司文艺的缪斯女神,向她致敬。

凑在不起眼的地方可以代表一百万；
那就让我们，以少算多，
当然这得靠你的想象来帮忙。

请想象，在这屏障四立的围墙内
划分为两个强大的帝国，
毗邻的地方绝壁耸立，
危机四伏的海峡把它们一分为二：
请用你们的想象来弥补我们的不足吧；
想象一个人化身千万，
组成一支幻想的雄师；
当我们说到马，请想象，你看见
得意的马蹄在尘土上印满蹄印；
请想象，现在必须扮成我们的国王，
带着他们四处走动；穿越时光，
把许多年月才能完成的事
装进一只沙漏：为了这点补充，
请允许我也来歌咏这段历史；
我的开场白一如你们谦卑的耐心，
请静静地听这出戏，做出仁慈的评判。

美丽的王后,那时我们是

选自《冬天的故事》第一幕,第二场

美丽的王后,那时我们是
两个不知有将来的孩子,
以为明天和今天一样,
我们会永远是孩子。
我们就像一对双生的羔羊,在阳光下蹦蹦跳跳,
你一声我一声咩咩叫唤。我们
是以纯真换来纯真。我们并不曾有做坏事的想法
也从不去想
会有坏人存在。要是我们继续过那种生活,
柔弱的心灵不曾被热情激荡,
我们就可以大胆地说:
"我们无罪。"那些强加给我们的罪
与我们是无关的。①

① 基督教认为人类生而有罪,因为亚当和夏娃违背了神的旨意。

翻过山丘，越过溪谷

选自《仲夏夜之梦》第二幕，第一场

翻过山丘，越过溪谷，
跨过丛林，穿过荆棘，
越过围场，翻过篱桩，
蹚过激流，跃过大火，
我四处游荡，
比那轮月亮还要轻快；
我侍奉精灵女王，
给她草地上的魔法球洒上露水。
高高的樱草①是她的近侍，
金色外套上星星点点，
那是精灵最爱的红宝石，
里面藏着它们的香气；
我要在这里寻几滴露水，
给每株樱草挂上珍珠耳坠。

①原文为cowslip，也叫黄花九轮草，是欧洲常见的野花，花朵开在高高的花葶上，由许多不同朝向的小黄花组成一个花球，犹如一个个金色小星球。塞缪尔·约翰逊曾在他的《莎士比亚集》中说此花为仙女们最爱。

围着大锅转

选自《麦克白》第四幕，第一场

围着大锅转，
丢进毒肠子。
蟾蜍待在冰冷的石头下，
经过三十一个日日夜夜，
正在睡梦中排出毒液，
那就先把你煮开，在这施了魔法的锅里。

再多点，再多点苦痛和折磨；
大火烧，大锅在冒泡。
片片来自泥沼的蛇肉，
在这口锅里反复炖烧。
蝾螈的眼睛，青蛙的脚趾，
蝙蝠的绒毛，狗的舌头，
蝰蛇的叉子，蛇蜥的刺，
蜥蜴的腿，猫头鹰的翅膀，
为了让磨人的强大魔咒灵验，
就像地狱的肉汤，煮得直冒泡。

再多点，再多点苦痛和折磨；
大火烧，大锅在冒泡。

绿荫下

选自《皆大欢喜》第二幕，第五场

绿荫下，
谁愿躺下和我做伴，
把他快乐的歌声
化成小鸟的鸣啭；
到这儿来，到这儿来，到这儿来：
在这里他不会
遇见任何敌人，
除了寒冬和坏天气。

谁愿抛下野心
安居在阳光之下，
寻找果腹的食物，
感到心满意足；
到这儿来，到这儿来，到这儿来：
在这儿他不会
遇见任何敌人，
除了寒冬和坏天气。

我可否把你比作夏日？

十四行诗第18首

我可否把你比作夏日？
虽然你比夏日更可爱温婉：
狂风摇晃五月宠爱的花蕾，
夏天的租期总是太过短暂：
有时天空之眼照得如此灼热，
他金色的容颜也常显得黯淡；
一切优美的形象终不免褪色，
或因时运变化或受命运摧折；
而你永恒的夏日将永不凋零，
你拥有的芳华也必不会消殒；
死神不敢夸口你在他的阴影下徘徊，
因你在这不朽的诗行中与时光同在：
只要人们一息尚存或目光所及，
这首诗将永生，并赋予你生命。

罗密欧啊，罗密欧，为什么你是罗密欧？

选自《罗密欧与朱丽叶》第二幕，第二场

罗密欧啊，罗密欧，为什么你是罗密欧？
不要认你的父亲，丢掉你的姓名；
也许你不愿意，那只需你发誓做我的爱人，
我也不再姓凯普莱特。
只有你的姓氏才是我的仇敌；
就算不姓蒙太古，你还是你。
蒙太古是什么？它不是手，不是脚，
不是手臂，不是脸，也不是身上
任何其他的部位。啊，改名换姓吧！
姓名算得了什么呢？把玫瑰
叫成别的名字，它还是一样芬芳；
罗密欧也一样，如果不叫罗密欧，
他也还是一样葆有珍贵的完美，根本
不需要任何称谓。罗密欧，丢掉你的姓，
丢掉这个不属于你的姓，
把整个的我，全都拿去吧。

现在我们愁容不解的冬天

选自《理查三世》第一幕，第一场

现在我们愁容不解的冬天
被约克的太阳①渲染成绚烂的夏日；
笼罩在我们一家上空的漫天愁云
已被深深埋进大海的深处。
现在我们头戴胜利的花环；
磨损的长枪矗立成丰碑；
尖厉的战号变成了欢聚的响哨，
可怕的行军变成了欢乐的舞蹈。
狰狞的战神不再眉头紧锁；
无须再跨上披甲的骏马
去威吓敌人那颤抖的魂魄，
他在女人的房间里欢喜雀跃，
伴着扰人心魄的鲁特②琴声。

①原文是 Son of York，此处 son 与 sun 同音，为双关语，指爱德华四世（约克公爵之子），在1461年2月3日的莫蒂默十字路战役大捷时，曾有三个太阳出现，他事后认为是祥瑞，于是以太阳为标记作为纪念。

可是我，天生就不适合寻欢作乐，
也不适合取悦一面含情的镜子；
我身形卑陋，不像有威仪的爱神
在嬉游的仙女面前从容阔步；
我，生来就不匀称，
骗人的造物主将我捉弄，
畸形，还没长成型，就早早地把我打发进
这个喧嚣的世界，我勉强算个半成品，
又瘸又拐，总是让人看不入眼，
刚一停步，就连狗儿也要对我吠叫；
为什么，在这满是靡靡之音的太平年代，
我却找不到任何乐子来消遣消遣，
只能偷看着自己在太阳下的影子，
对着自己残缺的身影哀叹评说：
好吧，既然我无法胜任做个情人，
去享受人们所说的风韵乐事，
那我就横下心做一个恶棍，
痛恨眼前这些无聊的享乐。

②原文是lute，源自一种阿拉伯乐器乌德，是一种半梨形的拨弦乐器。鲁特琴和今天的吉他一样用途广泛，是文艺复兴时期最流行的家庭乐器。

假如音乐是爱情的食粮

　　选自《第十二夜》第一幕,第一场

假如音乐是爱情的食粮,别停下;
我想要太多,永远都不够,
撑坏我的胃口,直到死去。
那个音调又来了!它有一种消亡的节奏。
啊,它美妙的声音充溢我的耳朵,
就像微风吹过紫罗兰,偷取了花香,
又散播芬芳!够了;别再奏下去了:
它已不像方才那么美妙。
爱的精灵啊!你是多么轻快,充满活力,
虽然你有大海一样的容量,可是一切合理又高贵的事物
一旦闯入你的领地,
顷刻就会减少和降低它的价值!
爱情充满形形色色的想象,
只有它,最富于幻想。

月光多么恬静地睡在堤岸上！

选自《威尼斯商人》第五幕，第一场

月光多么恬静地睡在堤岸上！
我们就在这儿坐下，让音乐的声音
缓缓来到耳边：这柔和的寂静和夜晚
成了悦耳和声的音符。
坐下吧，杰西卡。你看天穹之顶上
嵌满了金灿灿的圣餐盘：
你所见见的每一颗最微小的天体
在运转时也会发出天使般的吟唱，
永远应和着明眸的守护天使的合唱；
这和声存在于不朽的灵魂中；
可是一披上这泥土做成的易朽皮囊，
它就关在里面，我们再也听不见。

啊,火炬从她那儿借来了光彩!

选自《罗密欧与朱丽叶》第一幕,第五场

啊,火炬从她那儿借来了光彩!
她就像挂在黑夜的脸颊上
埃塞俄比亚人耳上那璀璨的宝石;
美得不忍触碰,对于尘世太过珍贵!
瞧她和同伴待在一起,
有如一只雪白的鸽子走在群鸦之间。
等舞曲终了,我要一直望着她的所在,
只要能碰碰她的小手,便是我这无礼的手莫大的福分。
以往我可曾爱过?我的眼睛欺骗了我!
直到今夜我才看见真正的美。

17

哦，我的好姑娘，你要到哪里去？

选自《第十二夜》第二幕，第三场

哦，我的好姑娘，你要到哪里去？
停下来听我说，你的情郎来了，
他嘴里哼着高低婉转的歌。
别再往前走了，漂亮的人儿；
情人相逢时，路就到头了，
这道理每个聪明人都懂得。

什么是爱情？不是在明天；
此刻欢乐就要开怀大笑；
将来会怎样谁也不知道。
不要将大把时光虚耗；
快给我一个吻，你这妙龄人儿；
青春这东西可不会久长。

假如看不见西尔维娅，还有什么是光明？

选自《维洛那二绅士》第三幕，第一场

假如看不见西尔维娅，还有什么是光明？
假如西尔维娅不在身旁，还有什么是欢乐？
除非想象她就在身旁，
以她完美的身影维持生命，
除非我在夜里守着西尔维娅，
否则夜莺将不再歌唱；
除非我在白天看着西尔维娅，
否则白昼将黯淡无光。

等等，那透过窗户的是什么光？

选自《罗密欧与朱丽叶》第二幕，第二场

等等，那透过窗户的是什么光？
那是东方，朱丽叶就是太阳。
升起来吧，美丽的太阳，赶走爱嫉妒的月亮，
她病恹恹的，面色惨白又忧伤，
就连侍女都远比她漂亮：
别做她的侍女，因为她嫉妒心强；
她那一身贞洁的衣裳带着病态和惨绿，
只有傻瓜才会穿上；把它扔掉吧。
啊，这是我的心上人，我的爱！
啊，但愿她知道我在爱她！
她欲言又止：她想说什么？
她的眼睛在说话；我将做出回答。
我太鲁莽了，她不是在对我说啊。
天上有两颗最灿烂的星，
有别的事情要做，请求她
那一双眼睛代替它们在归来前闪耀。
要是她的眼睛变成星星，星星变成她的眼睛，那又怎样？
她脸上的光彩将会让群星羞惭，
正如阳光让灯盏黯然；她的眼睛在天上
穿过长空，是如此明亮，
就连鸟儿也开始歌唱，以为黑夜不知去向。
瞧，她用手托着脸庞的姿态多么美妙！
哦，假如我是那手上的手套，
就可以触碰那面庞！

21

我的情人的眼睛
一点也不像太阳

十四行诗第130首

我的情人的眼睛一点也不像太阳；
嘴唇也远没有珊瑚那么红；
要说雪是白的，她的胸膛可是暗褐无光；
要说发是金丝，她的头上却长满黑铁丝。
我见过锦缎般的玫瑰，红白相间，
在她的脸上却看不见这样的玫瑰；
有不少香水令人闻之沉醉，
我的情人的气息却没有这样的芬芳。
我爱听她谈话，但我深知
音乐的悦耳远胜于她的嗓音；
我承认从未见过仙女走路的姿态；
可我的情人走起路来却一步一响。
可是，苍天在上，我认为我的爱人
比任何被捧得天花乱坠的美人都稀罕。

疯子，情人和诗人

选自《仲夏夜之梦》第五幕，第一场

疯子，情人和诗人
全都是想象的产儿。
谁若看见比广大地狱所能容下的还要多的魔鬼，
那便是疯子无疑。情人，同样那么痴狂，
能从一张埃及人的脸上看见海伦的美。
诗人的眼睛，在狂热的转动中，
能从天堂看到人间，从人间瞥见天堂，
想象描绘未知的事物；诗人的笔
可以赋予万物形状，给虚无之物
安排好居所，并为它命名。
这些变戏法离不开丰富的想象，
只要领会到其中的乐趣，
便会理解创造这份快乐的人；
或者在夜里，想象可怕的事物，
一株灌木很容易就被当成一头熊！

我决不允许阻碍两颗真心……

十四行诗第116首

我决不允许阻碍两颗真心的结合。
这样的爱算不得真爱,
当一人变心,另一个也跟着变心,
或一人离开,另一个也转身离去。
哦,不!爱是永远坚定的灯塔,
面对狂风暴雨也绝不动摇;
爱是指引每一只迷途小舟的恒星,
你可测量它有多高,却说不出价值几何。
爱不受时间的捉弄,尽管朱颜
难以逃过他那把弯曲的镰刀:
爱不因时光流转而发生改变,
它承受一切直至末日尽头。
倘若有人能证明我这话确实有错,
那就当我从没写过这首诗,世人也不曾爱过。

懦夫在死前已经死过很多次

选自《尤利乌斯·恺撒》第二幕，第二场

懦夫在死前已经死过很多次；
勇士一生只尝过一次死的滋味。
在我听过的所有奇闻怪事中，
最让我奇怪的是，人们看到
死亡将至竟然会感到恐惧，
死本是必然的结局，在它该来时自会来到。

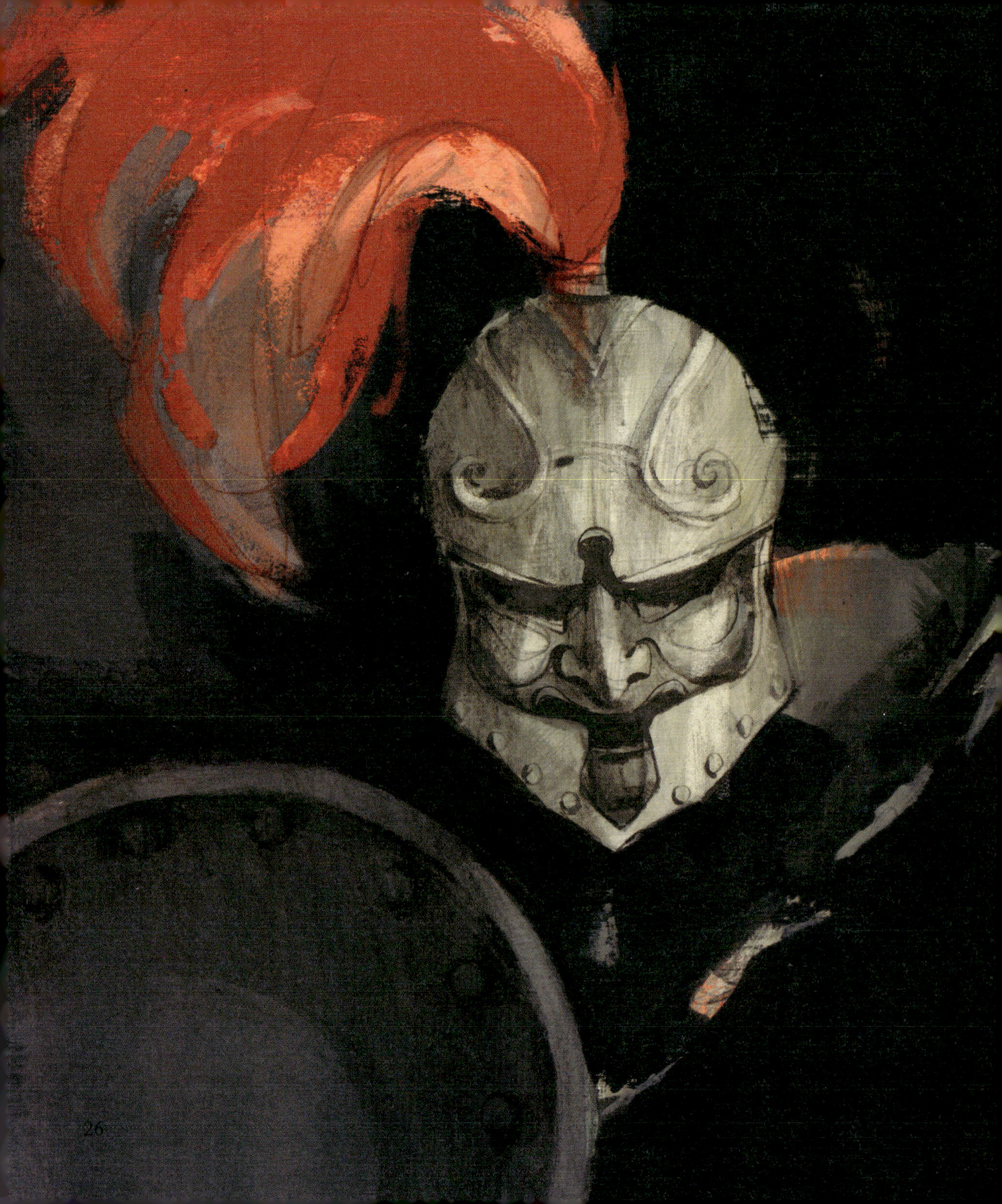

再次向缺口发起冲锋

选自《亨利五世》第三幕,第一场

再次向缺口发起冲锋,亲爱的战友们;
冲不进,就拿英国阵亡士兵的尸体把城墙堵上。
在和平年代,做一个斯文的
谦谦君子是一种美德,
可一旦耳边响起战争的轰鸣,
那就要化身猛虎猎豹。
要让筋骨紧绷,气血上涌,
用狂暴的怒火遮掩平和的天性。
要怒目圆睁,向外瞪视;
眼珠从眼窝里凸出来,
就像青铜大炮;要把眉毛一横,
像一块突兀悬空的险峻山岩
俯视汹涌的怒海
一次次冲刷侵蚀的山崖。
现在咬紧牙关,张大鼻孔,
屏住气息,把每一根神经
像弓弦那样绷到最紧……
我看见你们像系上了皮带的猎犬挺立,
迫不及待等着冲出去。决战开始了。
追随你们的灵魂,往前冲啊,
高喊"上帝保佑亨利,英格兰和圣乔治!"

一个个整装待命，一个个全副武装

选自《亨利四世》（上篇）第四幕，第一场

一个个整装待命，一个个全副武装；
一个个佩戴羽饰就像迎风鼓翼的鸵鸟，
又像是新浴过后的老鹰蓄势待发；
金色的甲胄闪闪发亮，有如雕塑一般；
像五月一样精神洋溢，
像仲夏的太阳一样灿烂，
像年轻的山羊一样无所忌惮，
像初生的牛犊一样狂野。
我看见年轻的哈利[①]戴着头盔，
腿上挂着护甲，全身披挂，威风凛凛，
就像插着羽翼的墨丘利[②]从大地升起，
他从容地跃上马背，
好似天使从云端降落，
来回驾驭火一般的珀伽索斯[③]，
高超的骑术让人目眩神迷。

[①]哈利：亨利四世的儿子，即之后的亨利五世。

[②]墨丘利：罗马神话中诸神的信使，鞋上有翅。

[③]珀伽索斯：希腊神话中的飞马，有双翼。

仁慈的品德并非出于强迫

选自《威尼斯商人》第四幕，第一场

仁慈的品德并非出于强迫。
它就像温柔的雨滴从天国
来到下界。它赐予双重的祝福：
祝福施与者，也祝福受与者。
它有无上的权威；它带给
君主更多的荣耀，胜过王冠。
他的权杖只能代表尘世的权力，
象征着敬畏与威严，
令民众对君王凛然生畏；
然而仁慈却高出权力之上，
它是国王心中的国王；
它来自于上帝；
当仁慈加在正义头上，
尘世的权力就会显现出上帝的威力。

朋友们，罗马人，同胞们，请听我说

选自《尤利乌斯·恺撒》第三幕，第二场

朋友们，罗马人，同胞们，请听我说。
我来埋葬恺撒，不是来赞美他。
人所行的恶，人死了，恶行还被人记着；
人所行的善，往往和尸骨一同埋葬。
那就让它随恺撒去吧。
高贵的布鲁图①对你们说过，
恺撒是有野心的。
如果真是这样，那可是一个严重的错误，
恺撒也为此付出了惨痛的代价。
现在，在布鲁图和其他诸位的允许下
（因为布鲁图是一位值得尊敬的人，
所以他们也都是，全都是值得尊敬的人），
我来恺撒的葬礼上说几句话。
他是我的朋友，对我忠实而正直。

① 罗马政治家，恺撒的义子，却参加了反对恺撒的谋划。但丁曾在《神曲》中将他视为一个邪恶的出卖者，然而布鲁图始终认为自己的行为是正义的，正如他曾说过的"我爱恺撒，但更爱罗马"。

而布鲁图说他是有野心的，
布鲁图是一个值得尊敬的人。
恺撒曾把许多俘虏带回罗马，
他们的赎金充实了我们的国库。
这能说恺撒有野心吗？
穷人哭的时候，恺撒也在哭泣。
野心是由尖利的东西做成的。
可布鲁图说他是有野心的，
而布鲁图是一个值得尊敬的人。
你们都看见了，在牧神节那天，
我三次向他献上王冠，
他三次都拒绝了：这就是野心？
而布鲁图说他是有野心的，
并且布鲁图是一个值得尊敬的人。
我不是想证明布鲁图说的是错的，
但是在这里我要说出我所知道的。
你们都曾经爱过他，不会毫无理由。
那么是什么理由让你们拒绝为他哀悼？
啊，理性呀！你逃到了残忍的野兽②中间，
从而失去了理智。请再忍一下，
我的心和恺撒一起躺进了棺木，
我必须停下，等它回来。

② 原文 Brutish（野兽的）是双关语，暗指 Brutus（布鲁图），也指如果民众失去理性将成为一群野兽。

闪光的不一定都是金子

选自《威尼斯商人》第二幕,第七场

闪光的不一定都是金子;
你常常听人这么说。
很多人卖掉了性命,
不过是看到了我①的外形。
镀金的坟墓里蛆虫在爬行。

①此处的我是正在说话的骷髅。意大利小姐波希霞富有的父亲留下了金、银、铅三个匣子,如求婚者选中藏有波希霞画像的匣子,便可和波希霞结婚。此处是其中一个求婚者摩洛哥亲王打开了金盒子,里面是一个骷髅,在眼窟窿上有这个纸卷。

在我身上你可看到这样的时节

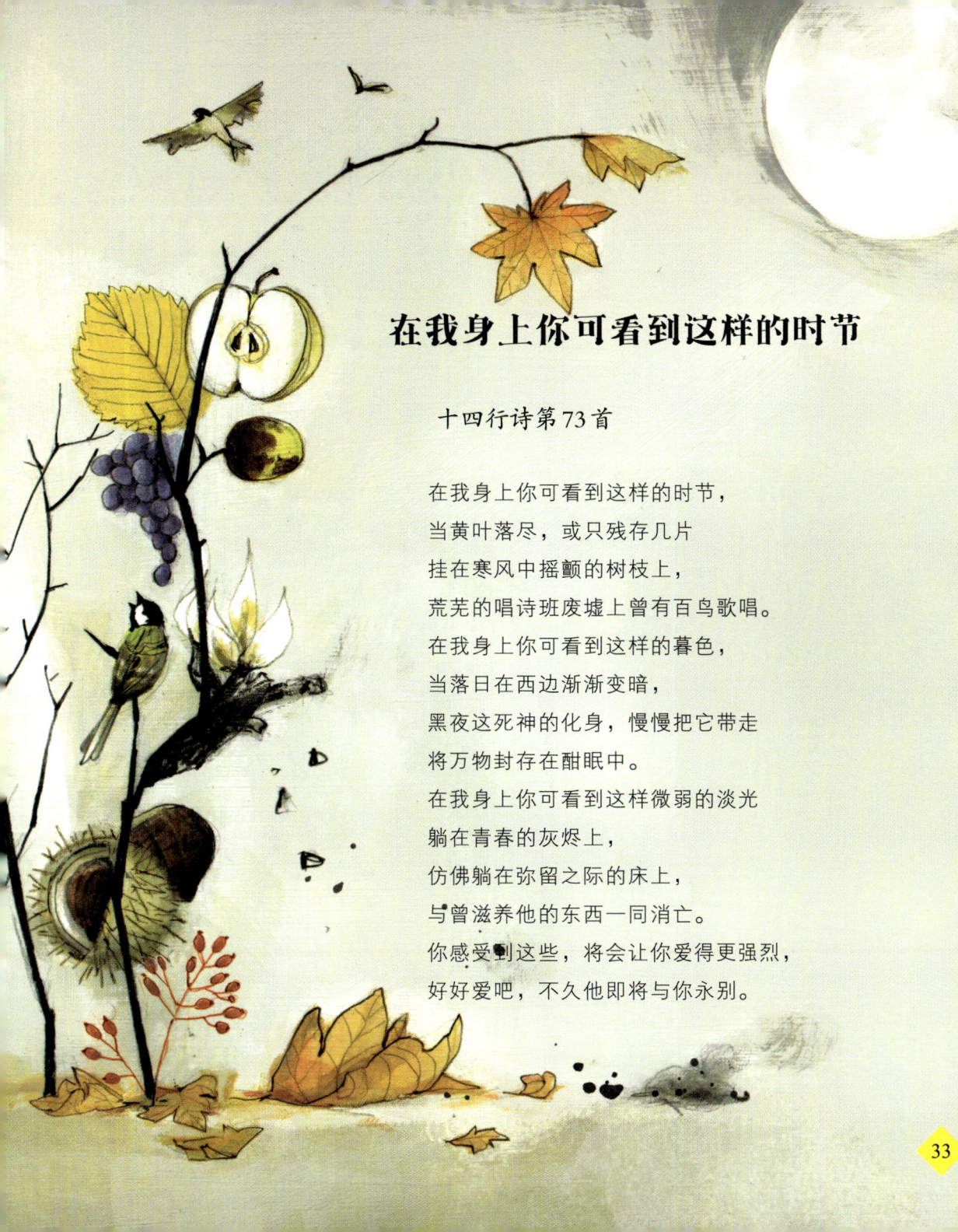

十四行诗第73首

在我身上你可看到这样的时节,
当黄叶落尽,或只残存几片
挂在寒风中摇颤的树枝上,
荒芜的唱诗班废墟上曾有百鸟歌唱。
在我身上你可看到这样的暮色,
当落日在西边渐渐变暗,
黑夜这死神的化身,慢慢把它带走
将万物封存在酣眠中。
在我身上你可看到这样微弱的淡光
躺在青春的灰烬上,
仿佛躺在弥留之际的床上,
与曾滋养他的东西一同消亡。
你感受到这些,将会让你爱得更强烈,
好好爱吧,不久他即将与你永别。

生存，还是毁灭，这是个难题

选自《哈姆雷特》第三幕，第一场

生存，还是毁灭，这是个难题：
是默默承受残酷的命运射来的毒箭，
还是拿起武器对抗无涯的苦难，
通过抗争叫它们终止，哪一种更高贵？
死了，睡着了——
就一了百了；要是通过睡眠就可以结束
心中的悲痛，以及血肉之躯自然要遭受的
无数打击，这正是我们求之不得的
完美结局。死了，睡着了——
睡着了，也许还可以做梦。
是的，这是一个问题：
当我们摆脱了死亡的纷扰，
在那死寂的睡眠中会做什么梦，
不免让我们停下来思量。
人们甘愿在漫长的一生中
历经磨难，恐怕正是出于这个考虑。
对于那些将要忍受时光的鞭笞和嘲弄，
压迫者的罪行，傲慢者的侮辱，
爱情遭到蔑视的剧烈伤痛，法律的迟延，
官吏的蛮横，和费尽辛劳却遭到拒绝的人们，
要是短刀一挥便能就此换来解脱会怎样？
人们忍受这样的重压，

在疲惫的生活中呻吟流汗，
只因对死后的事感到恐惧，
因还不曾有一个旅人，从那个未知国度
的边界返回，是不是这些迷惑了心智，
让我们宁愿忍受那些折磨，
也不愿向着未知的痛苦飞升？
这样一来，顾忌让我们全都变成了懦夫；
意志力的天然本色因为苍白的思虑而显出病态，
伟大而崇高的事业也会因此而偏离方向，
失去行动的名义。啊，且慢！
美丽的奥菲利娅，我的女神①，
当你祈祷时请记得代我忏悔所有的罪。

① 原文 Nymph 本意为宁芙，希腊神话中的河边仙女。

吹吧,风,吹破你的脸颊!

<small>选自《李尔王》第三幕,第二场</small>

吹吧,风,吹破你的脸颊!猛烈地吹吧,
你们洪水和暴雨,倾倒吧,
淹没尖塔,淹没风信标!
你,带硫黄味的,像思想一样迅速的电火,
是劈开橡树的霹雳的开路先驱,
烧焦我满头的白发吧!你,惊天动地的迅雷,
把这个浑浊的圆形世界击扁吧!
粉碎造物的模子,把长出忘恩负义者的种子
一下子全毁掉吧!

明天，明天，明天

选自《麦克白》第五幕，第五场

明天，明天，明天，
光阴就这样迈着碎步蹑手蹑脚向前，
直到记录时间的最后一个音节；
我们所有的昨日，
只是为愚人照亮通往尘沙弥漫的死亡之路。
熄灭吧，熄灭吧，短暂的烛火！
人生不过是一个行走的影子，
一个在舞台上趾高气昂、消磨时间的拙劣演员，
转眼便杳无声响。
这是一个白痴讲的故事，
充满了喧哗与骚动，
却一点儿意义也没有。

嘿，老兄，他横跨这狭小的世界

选自《尤利乌斯·恺撒》第一幕，第二场

嘿，老兄，他横跨这狭小的世界
就像一个巨人①，而我们这些小人物
行走在他的两条巨腿之下，四处窥探
为自己寻找不光彩的坟墓。
有时，人可以成为命运的主人。
如今我们却成了喽啰，亲爱的布鲁图，
错不在我们的命运，而在我们自身。

①原文Colossus在此指恺撒如同"巨像"一样横跨全世界；巨像代指罗德岛太阳神巨像，这尊阿波罗的巨大青铜像是古代世界七大奇迹之一。

要是我们影子冒犯了各位

选自《仲夏夜之梦》第五幕,第一场

要是我们影子①冒犯了各位,
请各位这样思量,一切都会有补偿,
大家只是在此睡了一觉,
看见这种种幻象。
不过这出小闹剧,
无非只是梦一场,
先生们,请不要怪罪。
如若见谅,我们定当尽力回报,
因我是诚实的迫克②,
如若我们能够幸免,
逃过大蛇的舌头③那般嘘嘘指责,
我们很快便会加以改进;
不然迫克就该背上骗子的骂名。
好了,祝各位晚安。
如果我们是朋友,就请为我鼓鼓掌,
罗宾会有好心的报偿。

①影子:此处开场白是淘气的小精灵迫克为剧中演员(也就是"影子")任何有可能冒犯的行为道歉。
②迫克:小精灵。剧中的迫克也叫"好人儿罗宾"。
③大蛇的舌头:观众的嘘声。

我们的狂欢现在结束了

　　选自《暴风雨》第四幕，第一场

我们的狂欢现在结束了。我们的这些演员，
我已说过，全都是些精灵，
现已化为乌有，消散在空中；
如同这虚无的幻景，
高耸入云的楼台，华丽的宫殿，
庄严的神庙，连同这个巨大的地球本身。
是的，还有它所承继的一切，都将消散，
就像这虚无的场景一样渐渐消散，
不会留下一点痕迹。
造出我们的本是和梦境一样的东西，
我们这匆匆一生被一场睡眠所环绕。

莎士比亚的所思所想

《全世界是一个舞台》：剧场让人类的七个时期变成了可见的场景。在娓娓道来的场景中，从嗷嗷待哺的婴儿到颤颤巍巍的老者悉数登场。

《光焰万丈的缪斯啊》：在这部关于亨利五世的历史剧中，一位演员在开场白中呼唤缪斯女神。他请求观众发挥想象力，比如想象宏大的战场，以此来弥补剧场的不足。

《美丽的王后，那时我们是》：国王回忆着与另一位国王的童年时光，那时他们都纯真无邪，以为自己永远不会长大。

《翻过山丘，越过溪谷》：英国民间的森林小精灵罗宾·古德费罗游历乡间，侍奉美丽的仙后，在草地和鲜花上洒上露珠。

《围着大锅转》：三个女巫在她们的大锅里熬制出了一个强大的咒语。

《绿荫下》：这首可爱的诗邀请我们一起欢庆在大自然里无忧无虑的生活。

《我可否把你比作夏日？》：诗人想把他的爱人比作夏日，然而，他意识到夏日并非那么令人愉悦，季节也会发生变化。他于是将心上人的美想象为"永恒的夏日"，每当有人读到这首诗，它都会常读常新，与之同在。

《罗密欧啊，罗密欧，为什么你是罗密欧？》：朱丽叶质疑为何她与罗密欧之间要和他们的姓名绑缚在一起，只因两个家族是世仇（凯普莱特和蒙太古），他们的姓氏就注定成为敌人。朱丽叶希望罗密欧能放弃自己的姓名，这样他们便能彼此相守。

《现在我们愁容不解的冬天》：理查，也就是格洛斯特公爵，正在庆祝他的约克家族在玫瑰战争中的胜利。但当他想到自身的残疾时，他备感痛苦并决心篡权夺位。通过暴力，他将获得权力，成为臭名昭著的理查三世。

《假如音乐是爱情的食粮》：一个得了相思病的人在悲叹音乐无法缓解他的浪漫激

情。然而，他把爱情的心灵比作大海。

《月光多么恬静地睡在堤岸上！》：一个年轻人和他的心上人望着美丽的月色。他想象，他们在夜里能听到来自天堂的乐音。

《啊，火炬从她那儿借来了光彩！》：罗密欧对朱丽叶一见钟情，他倾心于她的美丽，把她想象为一道明亮的光，一颗璀璨的宝石，一只雪白的鸽子。

《哦，我的好姑娘，你要到哪里去？》：这首诗歌颂爱情之旅，那是一个人年轻时最美好的经历。

《假如看不见西尔维娅，还有什么是光明？》：一个年轻人倾诉他强烈的爱意，当他所爱的人不在身边时，一切都黯然失色。他唯一能做的，是通过对她的思念和想象，让自己变得开心起来，虽然那只是心上人的"影子"罢了。

《等等，那透过窗户的是什么光？》：罗密欧看见朱丽叶站在阳台上，他将她想象成黑暗中的一束光。她是初升的太阳，比苍白的月亮更美丽、更有生机，她的双眸有如星辰，点亮整个夜空。

《我的情人的眼睛一点也不像太阳》：诗人创作了一首幽默十足的十四行诗，借以嘲笑传统的爱情诗。他并没有称赞他的心上人，而是"否定"她的每一部分。然而最后，他却声称，他的爱人比任何被捧得天花乱坠的美人都稀罕，这才是他心中最真实的爱的宣言。

《疯子，情人和诗人》：想象是疯子、情人和诗人共有的特质，他们都能看到理性的头脑中所无法看到的事物。诗人的天才便在于无中生有，在诗歌和戏剧中赋予它一个名字，一个维系生存之所在。

《我决不允许阻碍两颗真心……》：在这首十四行诗中，诗人宣告在瞬息万变的世界中唯有真爱永恒。在诗的最后几行，诗人将自己和这首诗作视为真爱存在的证据。

《懦夫在死前已经死过很多次》：恺撒谴责懦夫，并称赞那些不惧死亡的勇士。

《再次向缺口发起冲锋》：在对法国的战斗中，亨利五世号召士兵要像猛虎一般去战斗。

《一个个整装待命，一个个全副武装》：这篇说辞赞美了哈利（亨利四世的儿子，也就是后来的亨利五世）华丽的盔甲及其高超的骑术。

《仁慈的品德并非出于强迫》：在莎士比亚的戏剧《威尼斯商人》中，年轻女子波希霞伪装成一位律师，与复仇的借贷者夏洛克辩论。她宣称，仁慈是一种神圣的品德，它祝福施与者和受与者。国王拥有尘世的权力；但是当他们表现出仁慈时，最接近于上帝。

《朋友们，罗马人，同胞们，请听我说》：在恺撒的葬礼演说中，马克·安东尼对布鲁图的指控予以驳斥；布鲁图指控恺撒对君权充满野心，遭到暗杀是他应得的下场。

《闪光的不一定都是金子》：这句名言反映了人们多么容易被黄金和财富的外表所愚弄。人们时常为了追求浮华而丧失生命。

《在我身上你可看到这样的时节》：一位年迈的诗人借助腐朽的意象——冬天的枯树，落日的余晖，行将熄灭的火焰——来告诉世人，诗人离死亡越近，他的爱就会变得越强烈。

《生存，还是毁灭，这是个难题》：哈姆雷特这一段关于生存与毁灭的思索，是戏剧史上最为著名的独白。他对不可知的来世感到恐惧，因而踟蹰不定，迟迟不敢结束自己的生命。

《吹吧，风，吹破你的脸颊！》：李尔王站立在猛烈的暴风雨之中，他召唤雷雨轰鸣，闪电肆虐，因为他对女儿们的忘恩负义感到愤怒。

《明天，明天，明天》：在人生最严酷的时刻，麦克白将生命视为一排毫无意义的日子。他想象自己是一个演员，在舞台上用一个时辰扮演自己的角色，然后退下舞台，再无音讯。

《嘿，老兄，他横跨这狭小的世界》：尤利乌斯·恺撒在此被描述成一尊双腿横跨世界的巨大雕像，他的所有追随者都是无足轻重的小人物。卡西乌斯怂恿布鲁图掌控自己的命运，而不是相信宿命。

《要是我们影子冒犯了各位》：在戏剧《仲夏夜之梦》的收场白中，淘气的小精灵迫克为剧中演员（"影子"）的任何有可能冒犯的行为道歉。他恳求观众把这出戏仅仅看作一场梦。

《我们的狂欢现在结束了》：在莎士比亚的最后一部戏剧《暴风雨》中，他在思索戏如人生这个道理。普洛斯彼罗这个强大魔法师，召唤精灵们上演了一出戏，随后让他们各自散去，精灵们很快就消失得无影无踪。同样，我们短暂的生命也将消逝，像一个梦境。

~ Poetry for Kids ~

Shakespeare

Poetry for Kids: William Shakespeare
Illustrated by Merce Lopez and edited by Marguerite Tassi,Phd
© 2018 Quarto Publishing Group USA Inc.
Original text © 2018 Marguerite Tassi
Illustrations © 2018 Merce Lopez
Simplified Chinese edition © 2022Chongqing Publishing & Media Co., Ltd.
All rights reserved.
版贸核渝字(2020)第76号

图书在版编目(CIP)数据

莎士比亚给孩子的诗：全世界是一个舞台/〔英〕威廉·莎士比亚著；〔西〕梅希·洛佩兹绘；木也，阿菠萝译. —重庆：重庆出版社，2022.10
（外国最美的童诗）
ISBN 978-7-229-17191-9

Ⅰ.①莎… Ⅱ.①威…②梅…③木…④阿… Ⅲ.①儿童诗歌—诗集—英国—中世纪 Ⅳ.①I561.82

中国版本图书馆CIP数据核字(2022)第195475号

莎士比亚给孩子的诗：全世界是一个舞台
SHASHIBIYA GEI HAIZI DE SHI: QUAN SHIJIE SHI YIGE WUTAI
〔英〕威廉·莎士比亚 著
〔西〕梅希·洛佩兹 绘
木 也 阿菠萝 译

责任编辑：周北川
责任校对：刘小燕
装帧设计：百虫文化
封面设计：文 子

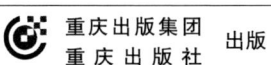

重庆出版集团 出版
重庆出版社

重庆市南岸区南滨路162号1幢 邮政编码：400061 http://www.cqph.com
重庆豪森印务有限公司印刷
重庆出版集团图书发行有限公司 发行
E-MAIL:fxchu@cqph.com 邮购电话：023-61520417
全国新华书店经销

开本：889mm×1194mm 1/24 印张：$2\frac{1}{3}$ 字数：30千
2023年3月第1版 2023年3月第1次印刷
ISBN 978-7-229-17191-9
定价：58.00元

如有印装质量问题，请向本集团图书发行有限公司调换：023-61520417

版权所有 侵权必究

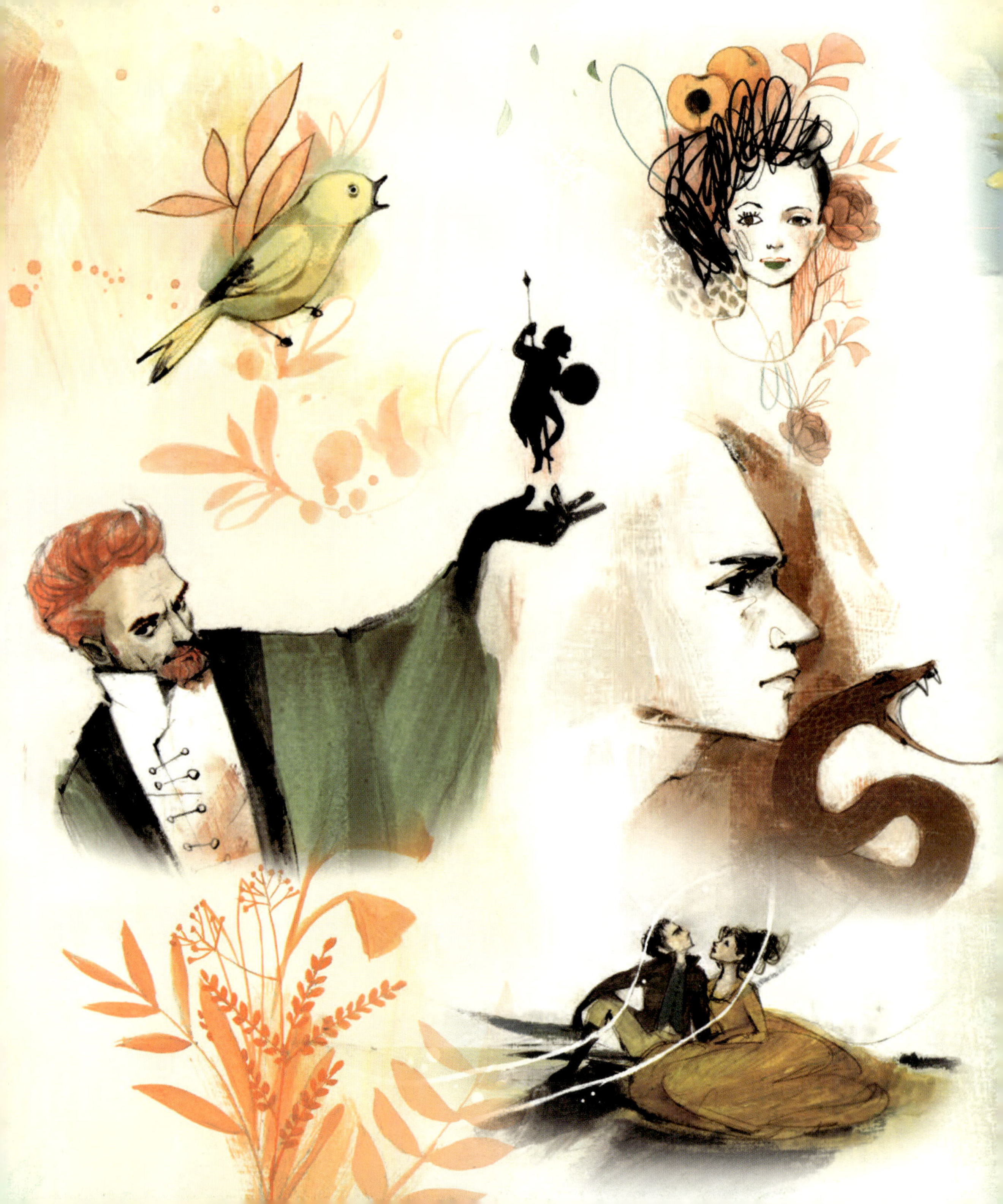